최천숙 시집

하늘은 늘 거기에

최천숙 시집

하늘은 늘 거기에

지구문학

| 첫 시집을 내면서 |

어린 시절부터 시가 좋아 외우고, 낭송하고, 쓰기도 했습니다
시 속에는 희로애락, 생로병사가 모두 담겨있습니다.
그렇게 인생을 노래하는 시인을 사랑합니다.

높은 하늘
구름 한 점 없는 푸른 날에 눈부신 햇살을 받으며
첫 번째 시집 『하늘은 늘 거기에』를 출간하게 되어 행복합니다.

제가 시집을 낼 수 있도록 이끌어 주신 김시원 선생님과
시를 통해 저를 보시고 평설해 주신 김현숙 선생님께 깊은 감사를 드립니다.
독자의 마음속에 기쁨으로 남아 있길 소망합니다.

2023년 가을날

최 천 숙

차례

제 1 부 _ 하늘은 늘 거기에

제2부 _ 우리는 하나

차례

제3부_민들레 홀씨

제4부 _ 부귀옥당

차례

제5부_태평성대

제 1 부

하늘은 늘 거기에

초승달

회화나무 꼭대기에 걸린 조각달
팔을 뻗으면 닿을 듯

달빛 아래 비치는
시든 나뭇잎 사이로

별을 마주 보며 두 팔을 벌린
보름으로 가는 작은 달

별을 품고 싶은 달이
서쪽 하늘로 흘러간다.

하늘은 늘 거기에

벚꽃 그늘 아래서
분홍빛에 취해도

먹구름이 피어나
보이지 않아도

울긋불긋 단풍잎이
가리고 있어도

눈꽃 이파리 날려
천지 경계가 지워져도

맑고 푸른 하늘은
늘 거기에 있었다.

연꽃

해가 뜨면
피어나고

해가 지면
오므라든다

빛의 에너지로
움직이며 창조하고

어둠 속에서
재생을 위한 휴식을 한다

반복하며 순환하는
우리네 삶 같다.

동백 아버지

아버지 제사를 세 번이나 지냈다
네 번째 봄에도 동백꽃은 피지 않았다
아버지 따라간 꽃은 올해도 오지 않는다

중환자실에 눈 감고 입 다문 아버지께
"아버지는 무조건 제 편 돼 주세요" 졸랐는데
왜 그렇게 내 편이 필요했을까

아버지 대답은 듣지 못했지만
백두산 염주를 손목에 끼워 드렸다
어디서든 지켜준다는 믿음으로

꿈속에서 젊은 아버지는
춤추듯 꽃잎 뿌리시며 꽃놀이 중.

눈 오는 밤

검은 하늘에서 내리는
하얀 빗방울

어두운 캔버스를 채우는
휘부신 점, 점, 점

가로등 불빛 속에서
춤추는 눈꽃

우산을 펼쳐 들고
살얼음 딛듯 조심조심

눈 주먹 쥐고 뛰어다녔던
백설 공주의 추억.

복수초(福壽草)

겨울 끝자락에
눈이 내리고

숲길 마른 잎 사이에
등불 같은 꽃무리

언 땅을 뚫고
봄기운을 불어주는 복수초

황금 잔을 부딪치며
아도니스(Adonis)

영원한 행복을 위하여!

숲에 내리는 비

숲에 내리는 빗소리
대지에 떨어지는 물방울

녹색 깊은 바다에
나뭇잎이 물결을 이루고

날자 숲으로
마시자 생명의 물을

검푸른 심연 속에서
눈을 뜨고.

봄비

앙상한 가지에
총총히 달린
영롱한 구슬

물 먹고
잎 나오고
꽃 피고…

덩달아
설렘 속 봄비 먹고
나도 꽃을 피우리.

꽃잎 지네

실개천을 덮은
하얀 꽃이파리

매미채로 거두어
황톳길 위에 올린다

촉촉한 꽃잎 길
맨발에 전해 오는 포근함

머리 위에, 가슴 위에
발등에 떨어지는 손톱만한 꽃잎

눈처럼 가벼워
바람 타고 날아간다

자유로이 훨훨
자연으로 돌아간다.

겨울 하늘

서나서나
나뭇잎 다 떨어졌다

앙상한 가지 사이로
넓어진 푸른 하늘

하늘은 늘 거기 있었는데
무성한 잎으로 가려졌을 뿐

보이지 않아도
늘 거기 있는 그대.

가을빛

가을 빛줄기에
금빛 되어 반짝이는 산벚나무

빗물을 머금은 단풍잎이
바람 소리에 맞추어 춤을 추고

한두 잎 매달린 대추나무는
벌어진 가지로 존재를 지키고

저마다 꽃보다 곱게 물들어
마지막 자태를 보여주려 하네

내 삶의 가을에도
고운 모습으로 머무르고 싶다.

제 2 부

우리는 하나

이화리 184번지

봄날에 배꽃 흐드러지고
하얀 꽃잎 흩날리는 이화리

토지개혁 화폐개혁으로
땅이며 전 재산 털리고

6.25 동란에 남하(南下)하여
다시 돌아가지 못한 그곳

배꽃 그려 이촌(梨村)이라 쓰고
휴전선 너머 글썽이던 눈빛

아버지 가신 지 오래 전인데
"고향에 당도했다"는 기별 없다.

정연이

어둠 속에서
환하게 열리는
찬란한 빛

서왕모*가 내린
반도(蟠桃)*를
두 손으로 받아 품었네

새해 아침
기쁜 소식 가져온
흰 눈 위의 까치

녹음 속에서
매미 소리
가득하던 날

하늘에서 내려온
내 어머니 닮은 아기
손녀, 내 아들의 딸.

*서왕모; 도교 선계의 성스러운 어머니
*반도; 3천 년에 한 번 열리는 신성한 장생 복숭아

내 편

내가
누구와 다툴 때
내 편에 서 있고

내가
콩을 팥이라고 우겨도
끄덕끄덕 미소 지으며

내 손을 잡고
무조건 내 편을 들어줄 사람

그런 사람
이 세상에 단 한 사람

영원한 내 편이 있다면
나는 늘 행복할 겁니다.

태윤이

국수나무집 안에서
혼자인 것이 멋쩍어

핸드폰 갤러리 클릭
아기 손자 태윤이가 나타났다

웃음이 나온다
기분이 좋아진다
마음이 편안하다
소화도 잘 된다

손자와 함께한 바지락 칼국수.

빛과 그림자

겨울바람에
굳게 닫힌 유리문을
뚫고 들어온 햇빛

집중 조명을 쏘는
밝고 따뜻하고 눈부신
동그란 내 자리

작은 바람 불어
하늘거리는 장미 잎에
그림자가 드리웠다

빛과 그림자가 주는
시시각각 변화하는
대형 작품을 감상한다

장미와 그림자
빛과 그늘
우리는 하나다.

감이 익을 무렵

높은 하늘에서
쏟아져 내리는 가을빛

홍갈색 상수리 잎에
스치는 바람

그림자와 춤추는
유리창의 푸른 장미

하늘을 향한
가지에 총총히 달린 홍시

가을에 먼 길 떠난
엄마를 생각한다.

합장(合葬)*

1919년 3월 1일
대한독립 만세!

기미년에 태어나
100년 넘도록 독립하지 못하고
기해년 초입에 돌아가신 시어머니

조선 여인의 운명
부모에게, 남편에게, 자식에게
죽어서도 아들에게 맡겨진
영원히 독립하지 못한 서러운 인생

"나 어디로 가노?"
맏아들 손을 잡고
편안한 모습으로 눈을 감았다

죽어서도 부부 함께하라며

합장된 어머니
부디 흡족하셨으면…

극락왕생하소서

*유교식 상례에서 합장은 부부가 함께하는 도(道)이다.

그믈-다

개나리 진자리
황매가 담을 이루고
민들레 홀씨 날리네

꽃이 피고
꽃이 지고
꽃잎이 까무러진다

바람 타고
훨훨 날으다
허공 속으로 사라진다.

사모곡

가련하다
내 사랑은 나만 바라보고 있지 않다
하나의 사랑이 아니라고 원망하고 미워했다

내리사랑
서운함도 소망도 포기하고 병든 육신을 맡겼다
아들은 영원한 내리사랑이다

초월
아련한 눈빛으로 먼 곳을 바라보는
자비로운 보살의 빛나는 얼굴을 보았다

이고득락(離苦得樂)
꿈도 사랑도 원망도 모두 내려놓고
연꽃잎 날리는 하얀 빛을 향하여 날아가리

감기

기침 콧물 변성에
머리까지 아프고

감기 안 옮으려고
조심했건만
밥 한 끼 같이 먹고는
드디어 걸렸다

딸은 끝난 듯한데
나는 시작이다

배, 파뿌리 우려 꿀을 넣어 마신 후
이불을 머리끝까지 뒤집어쓰고
땀을 내본다
내 엄마가 해 주시듯

식구는 어쩔 수 없나 보다
피해도 걸리는 감기.

내 마음 속 행복

녹음이 우거진 실개천에
졸졸 흐르는 물소리

노랑 꽃창포
바람개비 되어 한들거리고

지칭개꽃 하얀 홀씨가
피어난다.

발밑 클로버 헤치며
행운을 찾아

내 마음 속 행복을
노래 부른다.

제3부

민들레 홀씨

민들레 홀씨

금빛 솔가리 위에
파릇파릇 피어 있는 민들레

이른 봄날
땅 위에 붙은 노랑꽃 위로
호랑나비 날더니

초겨울
눈 내린 낙엽 속에
우뚝 솟은 하얀 홀씨

비바람 속에서도
길가에서 밟혀도

막판 뒤집기로
홀씨 동네방네 퍼뜨린다.

어느 봄날

산벚나무 가지에서
꽃잎 어지러이 날다가
개나리 담장 위
까치 머리에도 앉는다

연분홍 하늘거리며
떠나는 봄 막아보자고
나는 두 팔 벌리고 서 있다

나무 사이 해가 나오자
훤해진 숲에 무지개 서리고
넝쿨장미 가시 울타리 치는 사이

꽃봉오리 하나둘 큰 눈 뜨는
이맘때 나도 모르게
푸른 날개 가진 새를 기다린다.

계룡대를 떠나며

남편이 40년 군대생활 마감하고
이 울타리 밖으로 나선다니
해방보다 아쉬움이 발목 잡는다

봄비에 마른 나무 움트고
나뭇가지는 연둣빛을 품었다
꽃피고 여린 잎 돋아나겠지

꽃 진 자리 다시 꽃 피어
우리 떠난 자리는
채워져 이어질 것이고

나는 계룡대를 그리워하고
우리 국군을 사랑하고
우리나라를 위해 기도하겠지.

봄 산

동글동글 하다

아른아른 하다

향긋 향긋하다

아기가 그려놓은 파스텔화 한 점.

기다림

말복이 조금 지난 여름
담벼락에 가득한 능소화

만발한 꽃송이가
하나둘 떨어지고

"기다렸어"
꽃나팔을 분다

붉은 카펫을 밟고
바쁜 걸음 하는
그리운 님.

매화

바람결에 실려 온
향기 따라 갔더니

순백의 작은 꽃이
하늘 향한 가지 따라
총총히 달려
군자의 풍모를 보이고

봄바람 불어와
꽃비 날린다

발등에 꽃잎 쌓여
차마 발을 떼지 못하고
비 맞고 서 있다.

순천만에 부는 바람

순천만 검은 갯벌
갈대밭을 덮는 바람 소리

털이 활짝 핀 보실보실한 갈대
이리 몰리고 저리 몰린다

검은 새 무리가
흩어진 먹구름 사이로 난다

목에 두른 스카프가
바람을 타고 날아가 버린다

둘러보아도
내가 보이지 않는다

미련을 두지 말자
마음도 딸려 보낸다.

빛

엎치락뒤치락
밤을 새고

한 줄기 쏟아지는 빛에
실눈을 뜨고
다시 감는다

이글거리는 태양 속에
별과 새가 무지갯빛으로
살아 꿈틀거린다

블라인드 틈으로 새어든 빛이
밤을 조명하더니

찬란한 태양은
곤한 아침을 깨운다.

한낮에

청회색 하늘 아래
참나무 가지 끝에 달린 태양
이글거리며 뛴다

무지개 색을 뿜어내는
빛의 덩어리
별자리의 별이 떨어진다

검은 새가
태양을 향해 오르다가
곡선을 그으며 사라졌다

눈의 조화, 잔상, 유한

한낮에
흰 줄기를 따라
숨을 쉰다.

산수유

입춘이 지나도
쓸쓸한 겨울 풍경에
꽃이 피기를 기다린다

검은 나무둥치 마른 가지에
드문드문 박힌 노란 점

꽃잎은 없고 수술만 달린 듯
산수유 노란 꽃이
새봄을 알린다

지난해 거둔 빨간 열매가
햇볕을 쪼이고

달인 차를 마시며
졸린 눈을 떠본다.

푸른 대추

대추나무 푸른 잎이
따사로운 햇살에 반짝이다

노르스름하게 고운 빛으로
물들어 가더니

어제 종일 내린 비로
우수수 떨어져
마른 가지가 드러났다

올망졸망 푸른 대추
붉게 물들기도 전에
보이지 않네

누구 집 제사상에
일등으로 올라갔을까?

제4부

부귀옥당

수호신

북한산 봉우리에
바위 타고 내려오는 폭포가
연못을 이루고 실개천이 흐르는
동네 폭포동

넝쿨장미로 둘러친 우리 집
봄이면 개나리가 담장을 치고
빨간 장미가 창을 가려주네

백일홍 질 무렵 대추가 붉어지고
나뭇가지 사이로 푸른 하늘이 보이면
새 발자국 어수선한 눈 오는 날 기다려

봄, 여름, 가을, 겨울, 또 봄
자연은 원을 그리며 순환하고
우리도 그 속에서 돌아간다

서쪽 하늘을 지키는 백호*는
하늘의 별과 닮은 불빛을 따라
빙빙 돈다.

*고구려 고분벽화에 동서남북을 지키는 사신도(四神圖)가 있는데 서쪽에는 백호(白虎)가 그려져 있다.

원추리꽃

푸른 하늘에
새털구름 떠다니고
녹음으로 우거진 산등성이 아래
흰 호랑이 바위가 동네를 지켜본다

무궁화 둘러친 붉은 벽돌집
양지바른 창가에 핀
노랑 원추리꽃

희작(喜鵲)*이 날아들어 빙빙 돌고
망우초(忘憂草)* 피어나 근심을 덜어주리

훤초(萱草)* 꽃봉오리 허리춤에 달아매고
호건(虎巾) 쓰고 전복(戰服) 입은
사내아이 떠올린다.

*희작: 까치
*망우초, 훤초: 원추리꽃

기원(祈願)

붉은 해가 솟아오르니
찬란한 빛이 내려와 환(晥)하다

눈을 부라리고 태평소를 부는 호랑이
북 치고 장구 치고 꽹과리가 천지를 울려
북두칠성까지 다다르고
풍물패가 빙빙 돌며
땅을 치고 하늘에 고한다

액(厄)은 물러가고
복(福)만 들어오라

마당 한가득 모란꽃 피우고
부귀옥당(富貴玉堂)을 이루리.

개나리 담장

개나리 엉긴 가지
노란 담장을 쳤다

곡선에 달린 네 잎 꽃
하늘에서 별이 내려온 듯

봄바람에 물결치니
은하수가 흐른다

별빛 쏘이고
봄바람에 감기며
나도 따라 흐른다.

결혼기념일 케이크

잘록한 허리에
레이스를 층층이 드리운
분홍 드레스

한 손은 심장 쪽 가슴 위에
한 손에는 장미꽃 세 송이

스칼렛 오하라*처럼
아름답다

넓은 치마폭 속에
무엇이 숨어 있을까?

기분이 좋아지는 달콤한 맛
큰 덩어리 입에 물고
조심스레 녹여본다
딸기 덩어리

재미있다
보물찾기.

*스칼렛 오하라; 영화 〈바람과 함께 사라지다〉의 여주인공

모란

오월의 마당에
노란 수술을 드러내고
활짝 핀 모란꽃

선덕여왕을 그리며
향기를 맡아 본다

은은하게 전해 오는 미향
여왕의 품위가 풍겨 나온다

우리 집 마당에
가득하게 피워
부귀를 누리리라.

처서(處暑)

새벽바람이 싣고 온
풍경 소리

은초록 잔물결이
방 안에서 일렁인다

삼복더위에 열어둔 창으로
초록바람이 들어와
사랑의 인사를 한다

처서(處暑) 전날 산
하늘색 지지미 이불이 곱다.

불로장생(不老長生)

보름달을 향하여
희망을 품고
두 손 모은다

계수나무
그늘 아래
방아 찧는 옥토끼

불로초 뜯어
선단(仙丹)을 만들어
나누어 먹고

너랑 나랑
불로장생(不老長生)하리

갈매기

동해 바다
쏟아지는 햇살 아래
반짝반짝 빛나는 은물결

비취색 물속
파래가 덮인 흰 바위 아래
물결 따라 춤추는 미역 줄거리

새를 부르는 먹이를
갈고리 부리로 낚아채고
물 위에 둥둥 떠 있네

광활한 바다 위를
자유롭게 날아다니던
갈매기의 꿈은 어디에

아버지의 재떨이

소나무 가득한 산에
진달래 한들거리고

초록빛 호수 위에
떠 있는 꽃구름

물 아지랑이 속에서
피어오르는 그리움

진흙으로 동그라미 빚는
조그마한 손

무얼 만드니?
아버지의 재떨이

E. S.* Club
우아하고, 친환경적인, 우수한

터전을 만든
아버지의 커다란 손

까만 밤하늘에
등불을 띄우며
자연의 품속에 안긴다.

*E; elegant, eco-friendly, excellent
*S; society

달에게 보내는 기도

정월 대보름

부럼을 깨고
아홉 가지 나물과 오곡밥을 짓는다

쥐불 돌리고 꽹과리 치며 풍년을 기원하고
지신 밟고 달집 태우며 액을 날린다

어둠을 밝히는 부드러운 빛
원을 그리며 재생하는
영원한 진리를 향해
두 손을 모은다.

제5부

태평성대

삼태극

하늘에서
하얀 빛을 받으며
오색 무지개 타고 내려와

색동저고리에
흰옷을 입고
춤추고 노래 부르네

해 뜨는 동쪽 나라
백의민족
빛의 영광 있으리라

하늘, 땅, 사람
삼태극의 조화를 이루고
진리를 믿고 영원하리.

기러기

갈대숲가 실개천에
헤엄치고 깃털 털며
노니는 기러기 떼

푸른 하늘 높이 떠
V자를 그리며 안행(雁行)한다

천지를 오르내리는 신의 사자
자미성군(紫微星君)*께 목기러기 올리고
마주 보며 절하는 신랑각시

안(雁)과 안(安)의 조합이
수복(壽福)과 자손번영을 기원한다.

*자미성군(紫微星君); 북두칠성 동북쪽에 있는 별로 인간세계의 수복과 혼인을 맡은 신.

호랑이의 꿈

높은 산 깊은 숲속에
천지를 울리는 소리

무지개 선 자리에
적송(赤松)이 하늘을 향하고
희작(喜鵲)을 태운 호랑이 나타났다

검푸른 하늘에
해와 달이
환하게 비추고

색동저고리에 흰 옷 입고
'아리랑' 을 노래하고 춤추는 사람들

분홍빛 무궁화가
삼천리에 피어 있네

오봉산 폭포수 아래
포효하는 호랑이의 꿈

태평성대를 이루리라.

석파정

파란 하늘에
흰 구름 떠다니고

계곡을 흐르는 물소리
바람에 흐르는 버드나무 잎

하늘에서 별이 내려와
발을 친 단풍잎

코끼리 너럭바위
소원바위산

두 손을 모으고
평안을 빈다.

두물머리에서

새벽에 붉은 태양이 떠오르니
황포돛대가 물들고
강물 위에 피어오르는 물안개가 아련하다

푸른 하늘에서 밝은 빛이 내려와
꽃잎을 활짝 피우고
하얀 연꽃이 물결로 떠 있다

느티나무 고목 아래
두 손 모으고 돌탑 쌓으며
주고받는 눈빛이 정겹다

자연이 주는 길상(吉祥)을 가득 받으소서.

겨울새

고요한 겨울산에서
새들이 연주를 한다
이쪽에선 플루트, 저쪽에선 바이올린

시든 연잎 아래에는
금은 빛 잉어들이 숨어 있고
얼음판엔 새 발자국이 어수선하다

앙상한 나뭇가지를
유리알로 감싸 안아
별 같은 겨울꽃이 피었다

겨울새들이
노래 부르며 춤추며
축제를 벌인다.

감

푸른 하늘
뭉게구름 사이로
가을빛 내려와

나뭇잎 울긋불긋 단풍 들고
가지에 옹기종기 매달린
감이 붉게 익어간다

여의주를 닮은 붉고 둥근 감
두 손 모아 받쳐 들고
백사여의(百事如意)하소서

삼척 바닷가에서

잔잔한 동해 바다
붉은 해가 구름에 가려 있네

해당화 보이는 바다 위에
우뚝 솟은 두 손 모은 관세음보살

해가를 부르니
빼앗긴 사랑을 되찾고

청보라 붓꽃과 분홍 패랭이 덮인
언덕 위에서 들려오는 이사부*의 호령 소리

대장군 이사부는 칼을 높이 들어라
순정공*은 지휘봉을 두드리며 노래를 불러라
관세음보살이 기도하리니

이 땅을 지켜라.

*이사부; 신라 진흥왕 때 장군, 정치가.
*순정공; 신라 성덕왕 때 강릉 태수, 수로부인의 남편.

동지

해가 길어지기 시작하는 날이라
작은설이라 했지

뒤뜰 장독대 위에
팥죽 한 사발 올려놓고
두 손 모아 기도하던 어머니

살얼음 낀 팥죽에 설탕 넣고
아랫목 이불 속에 다리 밀어 넣고
새알 세며 먹었던 옛 추억

새알을 세지 못할
나이를 먹은 오늘
솔가지 주워다가 팥죽을 뿌린다.

소원나무

천년을 살아오며
푸른 그늘 만드니
정자나무 아래 모여
시간 가는 줄 모르네

세월을 헤아릴 수 없는 돌
차곡차곡 쌓인 돌탑 위에
하나 더 쌓아 올린다

고려시대 연(蓮)씨가
이제 발아하여
홍색 꽃을 피우니

빛이여 태양이여
자연은 진리이고
우주에 가득하여
사랑하고 존중하니

백 년도 길다는 인간이
경외심을 가지고
두 손을 모은다.

새해 아침

햇빛 쏟아져 내리는 아침
흰 눈이 보석을 깔아 놓은 듯
환하고 부시다

검은 대추나무 가지 위에
살며시 내려와 앉은 까치

반가운 마음에 창문을 열어 보니
흔적도 없이 사라져 버렸다

사방을 둘러보며 찾아도
아쉬운 마음

멀리서 조용히 바라만 보아야
곁에 둘 수 있으려나

존재 근원의 길; 생명과 삶의 사랑

– 최천숙 시인의 시세계

김현숙
(시인, 서울시인협회 부회장)

옥상 출입구에 비치된 30여 개의 화분에서 같은 종(種)의 자잘한 꽃망울이 일제히 보랏빛을 띠고, 어디선가 귀뚜리는 서늘히 노래한다. 폭염과 폭우가 덮친, 거친 여름에도 이들 여린 몸이 조용히 기다리며 가을을 꽃피우고 노래할 준비를 하고 있었다니 가슴이 뭉클해진다.

최천숙 시인은 대구 출생이며 중학교에서 교사(1급 정교사)를 역임했다. 《하늘은 늘 거기에》는 첫 번째 시집이다. 그러나 이미 2009년에 『수필문학』을 통해 수필가로 문단에 입문했고, 2016년 『지구문학』 신인상 시부문 당선으로 등단한 시인이다. 저서로 수필집 《내가 행복할 때 그대는》이 있으며, 또 중견 민화작가로서 쓴 민화에세이 《복(福) 드림》이 있다.

시는 우리를 둘러싼 자연과 자신의 삶을 통하여 우주 자연의 경이로움과 존재 근원의 이치를 깨닫고 체득해 가는 과정의 산물이다. 첫 시집에 '민화' 라는 소재를 도입한 일부 시도 만날 수 있는데, 민화는 우리네 삶과 밀접한 그림이라 가장 한국적이며, 그 시대사상, 종교, 가치관, 정서와 생활상을 반영한다. 최 시인의 민화와 수필 문학으로 확충되어온 삶, 그의 시는 어떤 모습일까. 다양한 형태와 이미지의 현대시에 새로움을 더하고 시세계의 품을 넓힐지는 궁금한 기대일 수 있다.

최천숙 시인의 첫 시집《하늘은 늘 거기에》의 제1부 '하늘은 늘 거기에' 는 존재 근원에 관한 시편들이다. 그중에서 시 〈초승달〉은 시인의 존재감을 잘 드러내고 있는 수작(秀作)이다. 직설(直說)보다 시에서 은유기법은 객관적 상관물 '초승달' 이 가지고 있는 이미지에 의해서 주제의 뜻을 증폭시키고, 시의 특성인 서정성이 한 몫을 더한다.

회화나무 꼭대기에 걸린 조각달
팔을 뻗으면 닿을 듯

달빛 아래 비치는
시든 나뭇잎 사이로

별을 마주 보며 두 팔을 벌린
보름으로 가는 작은 달

별을 품고 싶은 달이
서쪽 하늘로 흘러간다.

- 시 〈초승달〉 전문

밤에 조각달이 별을 향해 걸어가는 고요한 걸음과 '별을 마주 보며 두 팔을 벌린' 모습이 참 아름답다. 초승달의 양쪽 웃는 입꼬리가 벌린 두 팔로 보이다니…, 발상이 새롭고 주제의 이미지가 선연(鮮然)한 가편(佳篇)이다. 어느 시인은 초승달을 '푸른 하늘 은하수/ 하얀 쪽배' 라 했는데, 같은 사물에서 확연히 다른 이미지를 가진다는 것이 시의 매력이다. 오롯이 시인 자신의 삶과 사유를 드러낸 시는 바로 '시인의 얼굴' 이 아닌가.

초승달이 되어 마주 보는 별은 시인 자신이 그리는 타자? 아니면 만나고 싶은 자신의 참모습은 아닐까. 초승달은 달 중에서 제일 어린 달, 보름달로 성숙하기 위해서 혼자 가는 먼 길이지만 세상을 조금씩 더 환하게 밝히면서 쉼 없이 가는 동안 초승달은 반달로 또 보름달로 점점 빛을 채울 것이고 세상은 점점 더 환해질 것이다.

존재의 근원에 대한 명상을 담고 있는 두 편의 시 〈하늘은 늘 거기에〉와 〈연꽃〉을 만난다.

벚꽃 그늘 아래서
분홍빛에 취해도

먹구름이 피어나
보이지 않아도

울긋불긋 단풍잎이
가리고 있어도

눈꽃 이파리 날려
천지 경계가 지워져도

맑고 푸른 하늘은
늘 거기 있었다.

– 시 〈하늘은 늘 거기에〉 전문

해가 뜨면
피어나고

해가 지면
오므라든다

빛의 에너지로
움직이며 창조하고

어둠 속에서
재생을 위한 휴식을 한다

반복하며 순환하는
우리네 삶 같다.

– 시 〈연꽃〉 전문

위 두 편의 시의 주제는 존재 근원의 뿌리에서 비롯하는 생명의 경이로움이다. 사유를 깔끔하게 정리한 시로 대자연의 이치를 담고 있다. 대상인 자연에서, 생명의 존재 근원에 대한 자문자답하는 깨달음의 시다. 진실을 시로 끌어가는 사람이 바로 시인이다. '하늘은/ 늘 거기 있었다' 이 한 구절을 증명하려고 사계(四季)를 등장시킨다.

시 〈연꽃〉에서도 하루의 집중적 관찰을 통해서 꽃이 외부에서 발생하는 빛에 따라 달라지는 명암을 사람의 삶 그 빛과 그늘에 비유한다. 시인은 사유로 피운 시 한 송이를 독자 앞에 살며시 바친다.

제2부 '우리는 하나'는 자신 둘레의 사람, 자연이나 사물 등 필연 혹은 우연의 관계에 놓인 존재와의 연(緣)이라는 명제를 헤아려보는 시편들이다. 그중에서 시 〈이화리 184번지〉는 아버지를 그리면서 늘 아버지의 고향 하늘, 하얀 꽃잎 뿌리는 이화리를 바라보는 듯한 애틋함을 주는 또 하나의 가편(佳篇)이다.

봄날에 배꽃 흐드러지고
하얀 꽃잎 흩날리는 이화리

토지개혁 화폐개혁으로
땅이며 전 재산 털리고

6.25 동란에 남하(南下)하여
다시 돌아가지 못한 그곳

배꽃 그려 이촌(梨村)이라 쓰고
휴전선 너머 글썽이던 눈빛

아버지 가신 지 오래 전인데
"고향에 당도했다"는 기별 없다.

– 시 〈이화리 184번지〉 전문

"자유는 모든 가치의 토대가 된다." 사르트르의 명언이다. 국민 개인의 삶과 역사는 위대한 국가, 바다로 흘러드는 강줄기다. 그러므로 한 개인의 삶은 한 국가와 맥을 같이 한다. 위의 시 〈이화리 184번지〉는 얼핏 시인의 사부곡으로 보이지만, 대한민국 분단의 역사적 한(恨)을 한 가족뿐만 아니라 국민 전체가 되새김하는 아픔이다. 시 〈이화리

184번지〉는 그곳 화평한 풍경과 6.25 동란과 대비를 이루며, 민족 이산(離散)의 슬픔을 더한다.

최 시인은 "민화를 통해 순환과 재생을 거듭하는 자연의 이치를 표현하다 보면, 인간도 자연의 일부며, 삶과 죽음도 하나라고 생각하게 된다"고 한다. 이는 시 쓰기와도 일맥상통하며 예술의 바탕인 삶과 시와 그림의 사이를 오가는 일련의 활력이 존재 근원으로 가는 최선의 길임은 자명(自明)하다.

어둠 속에서
환하게 열리는
찬란한 빛

서왕모가 내린
반도(蟠桃)를
두 손으로 받아 품었네

새해 아침
기쁜 소식 가져온
흰 눈 위의 까치

녹음 속에서

매미 소리
가득하던 날

하늘에서 내려온
내 어머니 닮은 아기
손녀, 내 아들의 딸.

– 시 〈정연이〉 전문

시인은 전통 민화를 바탕으로 새 시대적 환경이나 사상, 세태를 민화로 녹이고, 또 그 민화에서 시를 도출한다. 시에서 보이는 그림은 예술이라는 한 품에서 서로 접목, 소통, 왕래한다. 세대간에는 한낱 방식의 차이뿐이며 존재 근원은 같다. '어머니가 세상을 떠나시고, 손녀는 태어났다' 는 생각은 어머니를 그리는 하나의 방편, 영혼의 믿음이라고 본다.

내가
누구와 다툴 때
내 편에 서 있고

내가
콩을 팥이라고 우겨도

끄덕끄덕 미소 지으며

내 손을 잡고
무조건 내 편을 들어줄 사람

그런 사람
이 세상에 단 한 사람

영원한 내 편이 있다면
나는 늘 행복할 겁니다.

– 시 〈내 편〉 전문

우리가 알고 있는 시는 일반인이 말하는 것과 달라야 한다고 생각하는 사람이 대부분이다. 그러나 삶의 진실이 시인과 대중이 서로 다른가? 어린이들의 동시는 그들이 그리는 진실이 그들 순수한 눈을 통해서 바로 독자에게 전달된다. 세상에는 만물로 넘치지만 나의 편이 되어줄 사람은 과연 있을까. 시인이 쓰는 시가 누군가에게 위안, 희망, 용기, 구원과 사랑을 줄 수 있다면…, 그게 시며, 진실을 밝히는 사람이 시인이어야 한다.

제3부 '민들레 홀씨' 는 현실적이고 구체적 생활인 '삶의 노래' 편이다. 생명의 사랑은 존재 근원으로 가는 길이며 우리를 둘러싼 대자연

이라는 뿌리에 닿아있다.

금빛 솔가리 위에
파릇파릇 피어 있는 민들레

이른 봄날
땅 위에 붙은 노랑꽃 위로
호랑나비 날더니

초겨울
눈 내린 낙엽 속에
우뚝 솟은 하얀 홀씨

비바람 속에서도
길가에서 밟혀도

막판 뒤집기로
홀씨 동네방네 퍼뜨린다.

– 시 〈민들레 홀씨〉 전문

봄이 오면 제일 먼저 땅에 납작 엎드려 여기저기 금단추 흩뿌린 듯한 꽃이 민들레다. 봄을 기다리는 사람에게 민들레는 기쁨이며 사랑이다. 그러나 키가 땅에 붙어서 흔히 사람이나 동물의 발에 밟힌다. 이렇게 변변찮게 살다가도 막판에 홀씨만은 맑은 바람에 태워 더 높고 드넓은 땅으로 이주시키려는 의지는 매우 감동적이다. 신(神)이 보낸 바람(風)으로, 마지막까지 안간힘으로 쏟아낸 사랑이야말로 사방팔방에서 민들레가 지치지도 않고 새봄을 짓는 이유며 힘이다.

묵은 가지에 해마다 꽃을 피우며 돌아오는 봄에 사람은 무엇으로 사는가.

산벚나무 가지에서
꽃잎 어지러이 날다가
개나리 담장 위
까치 머리에도 앉는다

연분홍 하늘거리며
떠나는 봄 막아보자고
나는 두 팔 벌리고 서 있다

나무 사이 해가 나오자
훤해진 숲에 무지개 서리고
넝쿨장미 가시 울타리 치는 사이

꽃봉오리 하나둘 큰 눈 뜨는
이맘때 나도 모르게
푸른 날개 가진 새를 기다린다.

– 시 〈어느 봄날〉 전문

봄이 오고 가고 꽃은 차례로 피고 진다. 그런데 자연의 오가는 봄은 다 보이는데 사람에게선 세월이 흐를수록 가는 봄이 잘 보인다. 그러나 신(神)이 시인에게 보낸 선물이 있다. 자연의 봄을 함께 공유할 줄 알고, 자기에게 없는 푸른 날개 가진 새를 꿈꿀 수 있으니 말이다. '푸른 날개 가진 새' 는 '사람이나 신(神) 또는 행운' 일지 모른다. 힘들 때 쉬어갈 '희망이나 위안' 일지도 모르겠다.

또 한 편의 시 〈계룡대를 떠나며〉를 보면 시인은 교사와 군인 부부로서 규범적이고 통제적인 생활도 수용하고 사랑한다. 어린이 때부터 각종 수상을 통해 인지한 예술성도 잃지 않는다. 말하자면 그는 자연 옆을 그냥 스치는 게 아니라 앞에 머물러 생각하고 소통하는 시인이다. 그리고 성실하지만 주어진 일에만 묶이지 않는 천부적 유연성을 지니고 있다.

남편이 40년 군대생활 마감하고
이 울타리 밖으로 나선다니
해방보다 아쉬움이 발목 잡는다

봄비에 마른 나무 움트고
나뭇가지는 연둣빛을 품었다
꽃피고 여린 잎 돋아나겠지

꽃 진 자리 다시 꽃 피어
우리 떠난 자리는
채워져 이어질 것이고

나는 계룡대를 그리워하고
우리 국군을 사랑하고
우리나라를 위해 기도하겠지.

– 시 〈계룡대를 떠나며〉 전문

아버지의 한(恨)에 사무쳐서, 나라 지킴이 군인 남편을 택했고, 수없이 근무지를 옮겨 다니면서 아들, 딸을 잘 키워 냈다. 남편의 대를 이은 군인 아들과 군인 며느리, 본인은 교육공무원으로 봉직한 사람이다. 그렇다고 충실하고 열정적으로 살았던 시인의 삶이 예술 아니면 무엇이겠는가. 삶에서 우러난 것이 시고 그림인 바, 지난 삶에 깃들인 예술성이 시인의 삶이기 때문이다. 〈계룡대를 떠나며〉 마지막 연을 되뇌면 이게 바로 대한민국 만세 삼창이다. 대한민국을 사랑하고 지지하는, 끓는 심장의 '나라사랑' 이다.

제4부 '부귀옥당'과 제5부 '태평성대'는 존재의 근본인 사랑의 삶이다. 자신을 안아주며 혹은 회초리를 감추고 가만히 지켜보는 대자연을 향해 감사와 경배와 기도로 가득 채워져 있다, 민화의 그림과 시가 한 몸이다. 실제 사물과 상상적 체험에서 우려낸 민화의 내용을 시화(詩化)했다고나 할까.

북한산 봉우리에
바위 타고 내려오는 폭포가
연못을 이루고 실개천이 흐르는
동네 폭포동

넝쿨장미로 둘러친 우리 집
봄이면 개나리가 담장을 치고
빨간 장미가 창을 가려주네

백일홍 질 무렵 대추가 붉어지고
나뭇가지 사이로 푸른 하늘이 보이면
새 발자국 어수선한 눈 오는 날 기다려

봄, 여름, 가을, 겨울, 또 봄
자연은 원을 그리며 순환하고

우리도 그 속에서 돌아간다

서쪽 하늘을 지키는 백호는
하늘의 별과 닮은 불빛을 따라
빙빙 돈다.

– 시 〈수호신〉 전문

위의 시 〈수호신〉에서 보여주듯이 시인이 생각하는 부귀옥당(富貴玉堂)은 첨단의 기계를 장착한, 고층을 날아오르는 아파트가 아니라 '산 높고 물 맑은 우리 마을'이다. 마을에 깃드는 꽃과 새와 푸른 하늘을 자주 만나는, 현 거주지인 서쪽 방위를 지킨다는 든든한 백호(白虎)가 있는 곳이다. 그리고 시 〈원추리꽃〉에서 말하는 기다리는 손자가 오는(태어나는) 날도 부귀옥당이다. 원추리꽃은 사내아이 많이 낳은 부인을 상징하며, 임신한 부인이 이 꽃을 몸에 지니면 아들을 낳는다고 한다.

푸른 하늘에
새털구름 떠다니고
녹음으로 우거진 산등성이 아래
흰 호랑이 바위가 동네를 지켜본다

무궁화 둘러친 붉은 벽돌집

양지바른 창가에 핀
노랑 원추리꽃

희작(喜鵲)이 날아들어 빙빙 돌고
망우초(忘憂草) 피어나 근심을 덜어주리

훤초(萱草) 꽃봉오리 허리춤에 달아매고
호건(虎巾) 쓰고 전복(戰服) 입은
사내아이 떠올린다.

– 시 〈원추리꽃〉 전문

제4부에서 가족이나 친지의 환경이 부귀옥당이기를 바란다면, 제5부는 우리 국민의 안위(安危)를 지키고 책임지는 대한민국 안팎이 부귀옥당이어야 한다. 대한민국은 시인의 아버지가 '민들레의 홀씨' 인 자손들에게 마련해 준 부귀옥당이다. 그 답례로 시인의 남편과 아들 부부는 국가와 국민의 안위를 지켜온 군인이며, 자신은 교육공무원으로 일조(一助)했다. 부모님 떠나시고 남은 세대의 가족은 한마음으로 국가의 태평성대를 기원한다.

하늘에서
하얀 빛을 받으며

오색 무지개 타고 내려와

색동저고리에
흰옷을 입고
춤추고 노래 부르네

해 뜨는 동쪽 나라
백의민족
빛의 영광 있으리라

하늘, 땅, 사람
삼태극의 조화를 이루고
진리를 믿고 영원하리.

– 시 〈삼태극〉 전문

높은 산 깊은 숲속에
천지를 울리는 소리

무지개 선 자리에
적송(赤松)이 하늘을 향하고
희작(喜鵲)을 태운 호랑이 나타났다

검푸른 하늘에
해와 달이
환하게 비추고

색동저고리에 흰 옷 입고
'아리랑' 을 노래하고 춤추는 사람들

분홍빛 무궁화가
삼천리에 피어 있네

오봉산 폭포수 아래
포효하는 호랑이의 꿈

태평성대를 이루리라.

– 시 〈호랑이의 꿈〉 전문

제5부의 시편들은 민화를 통하여 애국심과 구국을 염원하는 기도문의 시다. 부연(敷衍)할 필요가 없어 보인다. 민화로 보는 시이기 때문이다. 우리는 대한의 국민이기에 태극전사들이 태극기 앞에서 목에 메달을 걸 때, 울려 퍼지는 애국가에 눈물이 핑 돈다.

나는 아기 때 6.25 동란을, 서울 법대생 작은 오빠가 목숨 걸고 참여

했던 4.19 민주의거를 거쳐 지금까지 이어진 그 수많은 일련의 역사를 품고 살아온 세대다. 광화문이 어디라고 시골 어르신들이 상경해서까지 대한민국을, 후손을 염려하며 오죽하면 태극기를 눈물로 적셨을까.

> 땅에 엎드려 입을 맞추고 눈물로 흙을 적셔라.
> 그러면 네 눈물이 대지의 열매를 맺어줄 것이다.
> 이 땅을 꾸준히 언제까지라도 사랑하라.
> 이 세상에 존재하는 모든 것을 사랑하고
> 그 열광과 환희를 맛보아라.
>
> – 도스토예프스키

내가 만난 최천숙 시인이 살아온 내력은 가족, 자연, 애국과 예술의 삶이다. 시는 삶에서 피어난 꽃이다. 그러므로 '시는 삶의 노래' 다. 최천숙 시인의 시는 자연의 뿌리 위에 변화를 수용하며 사랑과 생명의 꽃으로 핀다. 한 마디로 시인의 시는 '생명과 삶의 사랑' 으로 점철된 존재 근원으로 가는 길이다.

최천숙 시인의 첫 시집 《하늘은 늘 거기에》 상재를 진심으로 축하한다. 좋은 시는 좋은 삶에서 우러나오는 법이니 앞으로의 삶을 더욱 깊고 폭넓게 껴안기 바란다. 그리하여 아름다운 초승달이 점점 자신을 빛으로 채워 보름달이 되면서, 세상의 어둠을 환하게 밝히며 가는 길이기 바란다.

하늘은 늘 거기에

•

지은이 / 최천숙
펴낸이 / 김정희
펴낸곳 / 지구문학

03140, 서울시 종로구 종로17길 12, 215호(뉴파고다 빌딩)
전화 / (02)764-9679
팩스 / (02)764-7082

등록 / 제1-A2301호(1998. 3. 19)

초판발행일 / 2023년 10월 31일

값 12,000원

E-mail/jigumunhak@hanmail.net

ISBN 979-11-91982-08-4 03810